JN115261

歌集

庚申

中井康雄

第六歌集

砂子屋書房

＊目次

平成二十一年

平成二十三年

平成二十五年

装本・倉本　修

歌集　庚申

平成二十一年

年の始め

あらたまの年の始めの東雲(しののめ)を機上にあわれわれ脱糞す

木草みなしずまるときに目の前の笹の葉先の撥ねて雫す

差し来たる朝の光は山腹の高速道路の橋脚照らす

枯茅（かれかや）に日は照りながら草隠りゆく水音の音の乏しら

溝川に打ち捨てられし赤蕪の赤が赤しも水の底いに

七草を摘まむにいまだうそ寒く緑稚(おさな)し芹も薺(なずな)も

昨夜(よべ)ひと夜降りたる雪は藁塚の根方に丸くなりて残りぬ

本正月二十日正月小正月昔の人はよく遊びけり

春耕

雨後の日に湯気立ち昇り春耕の畑中道は土の匂いす

土割りて出でし双葉のうす緑豇豆（ささげ）はその身ふたつに割りて

見目良きと悪しき苺を別かちつつ見目よからぬが味のよろしも

「豊の香」を駆逐なしたる「甘王」も「弥生姫」らに押されつつあり

お節句の子の名は「陽菜（はるな）」そういえば「子」の付く名前とんと減りたり

佐太郎が祈りの如しと詠じたる桃の葉悟りのかたちにも似る

絶好の行楽日和を種籾の選別をしてひと日暮れたり

桜見の帰りにちょっと自然薯の直管栽培というを見にゆく

仰向けば黒くし見ゆる花びらが土の面に寝ねて白なす

浅蜊御飯

産土の社の杜が遠見ゆる山の傾りに楤の芽を摘む

薇（ぜんまい）に男 女（おとこおんな）の別ありて男薇やっぱり食えぬ

ちょんちょんと鍬にもう一度肩土を叩きてやりて畦立て終わる

ニンニクの植穴二千棒先にあけゆく「戦友」唄いながらに

仏の座などというとも憎々し抜くに抜く手の指の痺れて

パック詰め終えて残れる虫喰いの菜花をきょうの昼の菜とす

アルミホイル皺を伸ばしてまた使う焦がれ破れて穴の開くまで

母遺しゆきたるメモに炊き上ぐる春の浅蜊のほかほかご飯

公園のベンチに花を見上げいし杖つく人も帰りゆきたり

平均寿命

玄関に電話に妻は愛想のよろしいよいよ惚けのすすみて

食べ終えてご飯まだかと言う妻にハイと食後の薬を渡す

日を忘れ曜日を忘れ刻（とき）忘れ居眠る妻は昼を日すがら

運動が大事と妻の手を引きて歩むよ雲雀高鳴く下を

イチョウの葉明日葉ウコン蟻の糞何でも試す呆けに効くなら

丁重に懇ろにかつ執拗にこの人は飽かずキリストを説く

ちょっとだけ得した気分今年また少し伸びたる平均寿命

棚田

海見ゆる畑の石に茫といる耕すでなく歌作(な)すでなく

鶯の鳴きてそののち郭公が鳴けり草生に寝転びおれば

転作の大豆播かれて六月の棚田に水の光ることなし

歌誉めてくるるは勿体なけれども畦塗り上手を賞めてくれぬか

畦塗りの首のタオルをネクタイに替えて出でゆく数珠手に下げて

今日首を巻く黒帯は顔知らぬ子の上役の弔らいのため

旨そうなホテルのランチ折り込みを畳み植田の水を見にゆく

水口の水にその根を洗われて苗一方(ひとかた)にみな傾けり

香りよく色よく味よく縁起よき八十八夜の新茶はいかが

山葵田

お日様の出る前起くるお日様に遅れ起くるは申し訳なく

長雨に播けぬ大豆が計量をされたるままに割れて黴吹く

久久にお天道様が顔出して梅をもごうか豆を蒔こうか

黍畑の水の溜りに日の差して梅雨の晴れ間は二日続きぬ

除草剤効かざる草もあらわれて頑固は草の上にまた見ゆ

暮るるまで田草を取りて仰ぐ目に空は余光のいろに明るし

山葵田（わさびた）を出でたる水は線（すじ）なして川の濁りに混じることなし

醤油差しに醤油の満ちておらざるは淋しことさら言うにあらねど

陸稲

麦は穂の熟れて海より吹く風に吹かれ枯れ立つ段丘が上

埃立つ島の畑道唐芋に続く畑に陸稲そよぐ

この島の砂引草に羽畳む蝶あり千里の海を越え来て

唐黍（とうきび）のさやぎの音のしずかなる島畑中に忠魂碑立つ

観光の馬車引く馬は心得て路（みち）に放尿することのなし

散る白と咲き継ぐ白とこもごもに射干はひと日の白の新し

それなりの値をつけられて積まれいる産直市場の凸凹南瓜

黒南風(くろはえ)にさわぐ海上沖つべのひとところ日の差してかがやく

蟬の声

テレビにて聞く八月の蟬の声沖縄長崎靖国の蟬

昭和天皇

八月の十五日また巡り来てかの抑揚の声甦る

教えられ真似して三月（みつき）育て来し鬼灯にけさ紅きいろ差す

押し合いて繁る牛蒡の葉の陰に蛍袋のむらさき終わる

新しき刈刃に替えて草刈りのはかどり腕の痛み増したり

草を刈る手力（たぢから）あれど草を刈ることなし体（たい）より心（しん）衰えて

今日はまた晴れて気持のよいけれどここらでちょびっと一雨ほしい

ほんにまあ蟬の尿（いばり）のほどの雨こぼして雲は遠退きゆけり

人参は播くをあきらめ玉葱は先に延ばせりお湿りのなく

用なくて歩む歩みに稲は穂の出でて夕べの風にそよげり

しらたまの露こそ結べ穂孕みの穂先に月の光あまねし

売れ残り持ち帰りたる苦瓜が黄ばみはじめつ二日ほど経て

丹下左膳

猪除け（しし）の電柵杭に赤トンボ来りて止まる頃となりつも

登熟の今か始まる見下ろしの広田ほのかに色差しそめつ

過ぐる日の嵐の雨に打たれたる稲は倒れしまま色づきぬ

「どこにてもお天道様が見てござる」父の言葉をときに思うも

「百姓とはこげんなもんじゃ」よく父の言いていたりき空を仰ぎて

十七の母と蚕を飼いし日を話せり父は二合の酒に

一年で一番忙(せわ)しい稲刈りに人影のなし機械動きて

百姓のわれが朝からパン食って米が余るは当たり前なり

ああこんな日もあったよな刈小田の藁塚にほら雨後の日が差す

その陰に丹下左膳や天狗など読みし藁塚あれば寄りゆく

藁塚の日向に蚋（ぶと）のとぶ昼を出でて歩めど長く歩まず

刈りとられ片づけられし田の面の平らは朝の露に湿れり

今日われはネクタイ締めて豊作を祝う祭の末席にあり

きてわれに酒注ぎくるるひとりとてなければ立ちて酒注ぎにゆく

零余子ご飯

弁当に鍬・鎌・『白き山』持ちて出でゆく今日は菜を間引くべく

日を継ぎて続く秋日に蕎麦は実の熟れて乾きて軽々と立つ

秋の日のひかり澄みつつ行く道に何の木の実か土に音立つ

肌寒くなれる朝（あした）の溝川に数珠玉は実の白くなりたり

階下より赤子泣く声聞こえきてわれ六十五歳（ろくじゅうご）の祖父（じじ）となりたり

人並みに孫は育ちて襖ごし力いっぱい泣く声聞こゆ

確かなる男(お)の子の印目に見えて意外に太し赤児の陰嚢(ふぐり)

人声に泣くときありて階段の今日は呟く声に鳴るなり

きぞの夜のしぐれの雨のかかりたるつわぶきは黄のいろ鮮らけし

ほかほかの零余子ご飯に柚子味噌を副えて食べたり昨夜はたのしく

しぐれ雨

豌豆の赤白咲きて昨日より行方不明の婆様ひとり

竹樋(とい)に導く谷の湧き水に緑乏しき冬菜を洗う

蓮根を掘りつつしきりに喉渇く半身泥に没しながらに

山畑の薯(いも)喰い荒らす鼠等も穴籠りけむ寒くなりたり

燻(くすぶ)りていたる太根の燃え殻が息づく赤く風を捉えて

工藤忠士氏へ

君が歌集『由布山しぐれ』その由布の峰見ゆ今朝は雪かかむりて

しぐれ雨過ぎて暮れゆく高原(たかはら)のひとところ黄に照りて明るし

前山の凹める奥処夕空に肩焼けて立つひとつの山は

年年に思い出ずるはかの年のかの山寺に聞きし鐘の音

気にかかることのいくつかあきらめて数え年六十六の歳ゆく

平成二十二年

野佛

祝歌

美(は)しきやし〈雲に聳ゆる高千穂の〉その高千穂の峰に日が差す

「山越えて正月どんが御座る」とぞ山を仰ぎて正月待てり

しらたまの餅呑み込むとしどしのいや新しき年の始めに

昨夜の雪載せて輝く双つ峰由布は茜の中に聳つ

滑らぬよう転ばぬように身を屈めガニ股歩きに坂道下る

二日前降りたる雪は白菜の葉間（はあい）にはつか凝（こご）りて残る

野佛の膝に薄日としろがねの硬貨一枚冷えて春立つ

路地裏を歩み来たれば夜の明けを太鼓叩きて祈る家あり

立ち揃う麦生の緑寒晴れの今日吹く風はその上を吹く

綿雪は庭の面を濡らしつつ吹かれ自在に屋根越すもあり

ストーブの上に直接のせて焼く鯣（するめ）にあられ憂憤その他

何もせず鍬も握らず本読まず過ぎし幾日か髭伸びており

旧正月

ときおりに日の差す昼を着膨れて旧正月の小豆煮ており

耕して日に膨らめる畑土の土の面(おもて)に湯気立ちのぼる

土の面(も)に出でて列なす点点は何の双葉かいろ緑緑(あおあお)し

冬の日の旱長(ひでり)くして白菜は結ぶことなきままに薹(とう)立つ

畑溜の氷を割りて寝かせたる苴(なば)の榾木に水かけてやる

豌豆の咲き揃いたる一叢を叩きて過ぐる春の疾風は

町裏に残る田ありて井路あれば音して春の水は流るる

同じ刻同じ所にいつも会う杖つく老が向こうより来る

追い抜きてゆきたる脚の遠ざかるハイソックスのその脹ら脛

風荒れて野仕事できぬこんな日は豆撰るビニールハウスに籠もり

何回も休みながらに一万歩歩めばひと日終わる心地す

山独活の苦味もいつかそれほどに嫌でなくなりわれ歳をとる

備中鍬

臀（いさらい）の冷えて目覚むる暁のありて今年の花季（はなどき）長し

「百姓は地球の皮剝き」備中鍬（びっちゅう）に今日は畑の天地を返す

おとしも去年も行きし寺の花今年は行かず世事のためにて

人立ちて仰ぎいたりし公園のひと木仰げば残る白あり

残りいしふたひらみひら今日散りて幹太々と立てる一木

庭畑に散らばる萵苣（ちしゃ）の屑葉など拾い集めて鶏屋（とや）に投げやる

菜の虫を潰すなどして雨晴れの今日暖かきひと日過ぎたり

なめくじも苺が好きで見てごらん来ているけさは子供を連れて

血を採られいる窓外は薄靄の光あかるき中に花散る

わが身より抜かれたる血はいつどこのどなたに注入さるるにあらむ

山鳩の声に交じりて頰白の鳴く頃となり日中暑し

熟麦（うれむぎ）の続く畑中引き入れて田水の光る一区画あり

百姓に革靴不要と仕舞いしが出して履き行く弔い出でて

降りながら暮れゆく土間の暗がりに籾消毒の薬剤匂う

初夏

畔際の庚申様を脇に寄せ棚田の畦を今年また塗る

水の面(も)に映る茜も鍬先に掬いもろとも畦に塗り込む

弛みたる畦切鍬を畑溜に漬けて日向に一眠りせり

作業着の上にジャンパー重ね着る籾浸(か)す朝の水冷たくて

石楠花(しゃくなげ)は開きて紅(こう)の色淡し蕾のころに雨の続きて

新しき整枝法など取り入れて肩張りのよし君のトマトは

「インパール攻略間近奮起せよ」わが誕生の日のトップ記事

電話なく人来ず茜来ることのなく生日の日が山に没る

庭畑に熟るる苺を喜びて食べて長雨(ながめ)の季(とき)に入りゆく

鹿嵐山

岩本隆治氏へ

宇佐郡高並郷は君が里鹿嵐山(かならせやま)の風音を聞く

松の芽の立ち揃うとき還りくる思いを今に疎(おろ)かにすな

沙羅の花散り継ぐ木下散り敷ける白に重なる白の新し

日の光しずけき昼を稲の花咲きては散るを人知らざらむ

さびしさびし昼の光に夏蕎麦の花散る土に影を落して

無花果（いちじく）の饐えし臭いに暮れてゆく畑中道を疲れて帰る

提灯に探りながらに鰻籠置きしかの川かの夜の闇

月の夜見張りの友に促され幾つ桃などかすめたりしよ

旱天に声を限りにつくつくし鳴くも夕日の山に入るまで

雨のなき一夏九旬うつせみの身の衰えを知りて昼伏す

鳥除けの網買い来たるその日よりなぜかきっぱり鳥来なくなる

鳳仙花花散りやすくこの先もやはり今年のわれは危うし

かくのごと思いの今にかなわねば数珠玉の実に来てまた屈む

夏雲の峰の崩れてこのままに終わる一生(ひとよ)かつくつくほうし

金瓶村

齋藤茂吉の夢見ることありて

宝泉寺過ぎて蔵王の山仰ぎ最上川見る前に覚めたり

みちのくの茂吉生家ゆ空越えて翁草わが庭に落ち着く

みちのくの稲は刈られてひとところ立つ牛糞の匂いも親し

襞ふかき北国の山一山の雪かかむりて篁（たかむら）のなし

齋藤茂吉の兄の廣吉その孫の守谷廣一より届ける賀状

わがために夏の蕨を摘みくれし高橋重雄翁身罷る

茂吉生家の守屋廣一老いづきてわがかたわらにしばしば咳す

病老の茂吉臥しいしこの部屋の窓より見ゆる糸瓜(いとうり)の花

乗船寺か宝泉寺はた青山かいずれの墓か縁欠けていき

左沢（あてらざわ）という在のあり薄れゆくかの山形の記憶の中に

出羽の国金瓶村より届きたる紅干柿はわれ独り食う

みちのくの蔵王の山に雪降ると聞けばかなしもかの歌碑もまた

キューピー

キューピーの人形背負いどことなく出かけて楽しかるらむ妻は

今日の日付思い出さんと今まさに刻苦しおらん妻の海馬は

日付また場所すら分からなくなりし妻の作れるけんちん汁よ

玄関にトイレのスリッパまたありて「トイレ」と赤くマジックで書く

誰見てもすぐ泣く孫がただひとり惚けし妻に抱かれて笑う

歩まねば痴呆すすむと言うテレビ少し本気になりて見ており

妻がためなし得る何もなきわれは呆けし妻の手を引き歩む

からすのえんどう

谷水を引きたる池に糸瓜など浮かべて人の住み古りにけり

蕎麦の実の日ごとに硬く黒くなりそろそろならむ鎌研ぎおかな

籾摺りに米俵二百持ち上げて腰の辺りが変になりたり

刈り終えし田面(たづら)は何となく淋し藁屑に昼の薄ら日が差し

丘の上に昇る煙の一条(ひとすじ)に風向きはかり唐箕廻す

秋上げの団子を持ちて病院の帰りに兄が訪ねくれたり

行きて見し寺の紅葉が誇張され今朝のテレビの画面に写る

見開ける眼光りて不動明王(みょうおう)は憤怒の相の満ちてしずけし

かの寺の夜の紅葉をくぐりたるとき傍らに居りしは誰ぞ

稚けなくからすのえんどう笛にして吹きつつただに空赤かりき

ぺんぺん草

くぬぎの実ならの実などの落ちているところを過ぎて下りとなれり

瀬の音のするはいずくか無患子は季(とき)満ちてその黒実かがやく

山茱萸の沈める赤き実も見えて山の泉の水直澄(ひた)めり

思い出せぬ人の名ひとつ栗の実の落ちて土打つ音に出で来ぬ

「おべん」とう柿の原木残る家おべん婆さんのような人住む

「私が作りました」と自然薯の箱に老年夫婦が笑う

仏の座ぺんぺん草など緑(あお)きまま冬越す草は草の根長し

高崎の峰を隠せる冬雲の続きは海の上に出でたり

屋敷神荒神様に鏡餅供え厠の神にも供う

数え年言わなくなりしことをまた淋しみながら年暮れむとす

テレビより聞こゆる鐘と在の鐘聞こゆこもごも遠く近くに

平成二十三年

小女吉（おじょきち）

あたらしき年のひかりは七十に真近きわれの頭（こうべ）を照らす

霜白き枯原遠く日の差して日当たるところ靄立ち昇る

冬川の乏しき流れ川床の乾ける石の間(あい)に音して

田の面(おも)に打ち捨てられし屑みかんまだそれほどに腐りておらず

小女吉という柑橘の古種ありて見目よからねど味のよろしも

今日ふとも芹の苦みの年々に薄れきたれることに気付けり

寒晴れの峡空とおく椎茸の駒打つ音が天に谺す

照り翳り繰り返しつつ何時しかもしき降る雪の宵となりたり

二月二十四日

尻冷えて厠に屈み居き夜更け石田比呂志の忽然となし

長針と短針それに秒針の重なるときに人死にゆけり

釈迦西行茂吉逝きしはことごとく二月にてその日共に晴れたり

遺影ふと笑つたやうな春雷が引導渡すとき轟けり

枕辺に君が葬りの白菊の匂ふ幾日かありておはりぬ

歌は詠む作るものにていつよりか「短歌を書く」と言ふこの人は

誤植ひとつ見出ではかなみゐたりしが起ちて夕べの灯りをともす

アル中にて歌上手(うま)かりしわが友の岩本愚円もくたばりたるや

歌やめてゆきにし友はその後を目高など飼ひ過ごしゐるとぞ

BON and BEE

草団子焼きて匂ふに味噌つけて食べたり彼岸のふるさとに来て

隣村出征後家の幸ちゃんも九十歳になりにつらむか

すぐる日の歌会に酷評されし歌母の歌にてその母の亡し

味噌豆を吊しし釘の幾本か残れり母の背の高さに

年年のことなりながら今年また過ぎて思へり母の忌日を

国東（くにさき）方言にて「BON（男の子） and BEE（女の子）」といふワイン生まれつ

自然薯を摺り下ろしをり晩年の父が喜び食べし自然薯

国東の百五十キロお四国の千五百キロ歩きたる杖

「国東を世界遺産にする会」の百姓われにかかはりのなし

無理するな怪我をするなと言ふ兄の今朝は畳の縁に躓く

篤農

立ち揃ふ麦の若芽の春の日に耀ふ(かがよ)昼を君逝きませり

一つ部屋にふかき話もせず眠り楽しかりしよ次の日に亡し

この谷を出づることなく耕して死にたり耳順の頬骨高し

鍬に生き鍬に死ににき「篤農」の言葉ひとつに身を括られて

出づる息吸ふ息互みに細りつつ今際の息といふ息ひとつ

親族（うから）寄り石もてかはるがはる打つ音におのづと強弱のあり

歌のため絶縁なしし子と妻のあるを知りたり弔辞のなかに

独り身となりて朝（あした）の水替うる淋しさは来むわれの上にも

かかるとき何のはづみか手を清めゐるときふいに性欲兆す

水底の砂うごかして湧く水のごとくに生きし君の一生(ひとよ)か

魚見桜（うをみざくら）

魚見桜といふ桜あり老樹なる山桜にてうつくしからず

生温き（なまあたたき）風吹き止みし夕べにて公園の桜少し散りたり

春草を摘みて遊べる今日のこのひと日を長くわれは思はむ

変はるなき里の生活（くらし）は鶏小屋の屋根に拡げて蒲の穂を干す

芍薬の玉に来てゐる紋白の蝶の重さに花は傾く

極楽の日和(ひより)を出でて菜を間引くどこにも外に行くところなく

いくばくか夕長くなり暮れのこる遠竹叢(とほたかむら)の黄なる明るさ

蛍

いつせいに田の代掻(しろか)きの始まりて駅館川の水細りけり

昼休みに掬ひし目高幾匹が空弁当の中に尾を振る

ここの木の陰に休らふときいつも決まつて遠く牛蛙鳴く

丘越へて来たる日照雨(そばへ)は畑蕎麦の花震はせて遠退きゆけり

何の木か吹かれて広葉ことごとく翻(ひるがへ)りゐるひと木は白し

あるときの心遣らひは掌に光る蛍を握り潰せり

ただ苦ひだけのビールを飲みてをり鮎の塩焼き手に持たされて

ひとつ鳴く声止みひとつ鳴き出づる声に暮れゆくつくつくほふし

溝蕎麦（みぞそば）の花に茜のいろさして今年酷暑の八月も過ぐ

尺貫法

尺貫法単位のひとつ匁なほ残る真珠を量る単位に
銭・厘に買へるものなどあるはずもなくて株価の単位に残る

平方メートル反(たん)に直せばよく分かる東京ドーム四十六反

目より歯より何よりまづは頭(つむり)よりはじまり天辺あたりがさみし

カロリー千二百キロ塩分六グラム糖類脂肪分アルコール禁止

五臓六腑検べつくしてどういふことなく無駄な出費におはる

豊満な肢体まるごと横たへて海老はお皿の上にしづけし

いや細き腰のくびれを間近くに見つつ楽しも瓢箪なれど

ぷりぷりのお尻撫でつつかぶりつく露に濡れたる紺の秋茄子

紅乙女・紫小町・里娘並ぶスーパー甘藷の売場

腹中に収めしもののこなれゆく午後二時頃はしきりに眠し

眠れざる夜のつねづね時たまにたらふく食へば眠れるあはれ

山赤くなりゆく中にひとところ黄に鎮まれり竹の林は

冬天の澄みし夜なりき面伏せて郊外の道二人行きしは

平成二十四年

くにさき

佛頭に似てさびしけれ産土の国東半島衛星写真(しゃしん)に見れば

十一人兄弟六人死にゆきて遺る五人のうち四人病む

頑固にてかつ偏屈に気短かの父が微笑む黒枠の中

いつ誰が打ちたる釘か五寸釘大黒柱の柱頭に古る

物置の柱に幾つ下がりゐる父手作りの父の竹杖

谷深く文殊仙寺の智慧の水行きて飲みしよ母の背中に

奥の院裏の岩屋の祠には美形におはす男根祀る

観音の根治水とぞ滴りてひた澄む水を鳥が来て飲む

山茶花か椿かよくは分からねどちらでもよし紅ふかし

わが生れし町の名記すトラックが藁屑辻にこぼしてゆけり

種籾

春分の雪に田の面の土濡れて畦の北側は白くなりたり

明け早くなりて明るき散歩道今朝笹むらに鳥の声あり

豌豆はみな実になりて莢垂るる小さきは小さきままに膨れて

開け放つ土間の奥より味噌豆を煮る匂ひして応へのあらず

いくばくか夕長くなり鍬洗ふ水の揺らぎに日のひかりあり

アチヤラ漬好みて食べて流行性感冒などにもかからず過ぎつ

種籾の選別をして疲れたり力いらねど眼(まなこ)霞みて

退職の記念に植ゑし豊後梅年経てひとつ実をつくるなし

降り続く日のつづきつつ今朝晴れて襞ふかぶかと天(あま)そそる山

梅ののち桃のおはりて桜咲く二月三月三月四月

馬鈴薯の花

大型の田植機は大方農協か役場勤めの共稼ぎなり

田仕事の昼の休みに掬ひたるメダカを元の水に戻せり

散る花も泥にそのまま混ぜ込みて山の棚田の畔を立てゆく

夕茜仰ぎて立てる体(たい)折りて植えむ手許の暗くなるまで

日の入りて未だ明るき西の空屈み草取る手許は暗し

竹竿に下がる去年の玉葱をずらし今年の玉葱吊るす

馬鈴薯の花咲く畑にわれひとり若く死にたる兄をしぞ思ふ

本読まず歌も作らず暑がりて過ごせば父の忌もいつか過ぐ

うなぎ籠

いつも来る野良がまた来て眠りをりうす桃色の足裏見せて

向かふより近づき来るはおロク婆杖突き胡瓜齧（かじ）りながらに

曲がるあり虫喰いありて戻り来しキウリを晩の一品となす

カルシウム不足はこんなところにも出でてトマトの尻黒くなる

アメリカンチェリーといへるさくらんぼ並ぶ山形産に並びて

庭穫れの胡瓜茄子などよく食べてこの頃われの通じのよろし

引つ越しのタオルくれたるお隣りの新婚夫婦この頃不仲

負け癖のつきたる力士また今日も負けて負け癖増幅をせり

玄関の妻の描きたる絵を褒めてセールスの人帰りゆきたり

長生きをやはりしたくて減らしたる煙草のかはり酒少し飲む

煙草やめしかはりに酒を飲むことの少したのしくなりて止めたり

うなぎ籠置きし日のごと夏川にさわぐ心は年古りてなほ

ちちりぼし

雨後の日に泡立つごとし高原（たかはら）の蕎麦の白花咲くひとところ

澄みわたる秋のひかりにおのづから黄菊は千の眼（まなこ）を開く

忘れたる鍬取りに来て鍬の柄に止まる蜻蛉としばらく遊ぶ

溝川に映るまんまるお月様ちよつと失礼明日の鎌研ぐ

人のいふ二十八宿「ちちりぼし」待ちて豆播くことしの豆を

竹箆（たけべら）に移植なす手の指先の痺れは両の十指に及ぶ

たどきなき身は歩みきて真つ昼間胡麻の白花見てをりにけり

作るより買ふが安しと思ひつつ雨の上がれば鍬持ちて出づ

両の手の指の腹もて懇（ねんご）ろに揉（も）みやる軒に下がれる柿を

鵯とわれとときどき妻が食ひ土に落ちしを蟻が喜ぶ

山に日の入るころ歩む藁を焼く煙は遠く近くにも見ゆ

葉の陰に白見えそめし茶の花は路地ゆく腰の高さに咲けり

十二月八日開戦記念日の記事載りてをらざる紙面

平成二十五年

お弘法様

春耕の土あたらしき畑道ところどころに堆肥積まれて

鋤き返しゆく冬土の土塊(つちくれ)の土の断面黒光りせり

芋竈（いもがま）に冬を越したる種芋を出して俗世の日に当ててやる

たゆき身を持て余しつつけふ何も用のなければ地下足袋を履く

春菊はみな薹立ちて花咲けり怠けて三日来ざる畑に

千の莢万の莢垂る豆垣が傾くどつと風に圧されて

さはさあれけふは彼岸の農休み地下足袋も朝の日を浴びてゐる

花過ぎしひと木に緑わたるとき残りて枝に震ふ白あり

けぶりつつ今日降る雨は芍薬の球ふくらめる紅に降る

野佛の頬を照らして紅ふかき躑躅も色の衰へ初めつ

朝開き夕べは閉づる木蓮のひと日ひと日の純白の白

山の根のお弘法様にとしどしの赤き幟（のぼり）が立ちて春ゆく

デイサービス

仲良くて結構などと言はれつつ呆けし妻の手を引き歩む

馬鈴薯の花咲く昼を居眠りて覚むることなし妻の海馬は

病み呆(ほう)け妻のつかはぬ口紅の先ひび割れて引出しにあり

「失禁なく名前も上手に言へました」デイサービスの連絡帳に

録り溜めし認知症のビデオ見るデイケアに妻の行きたる隙に

デイケアに妻が指折り埋めにけむ虫食ひ算の歪める数字

テレビにてアンパンマンが空飛べば孫より誰より妻がよろこぶ

何時どこに求めし御札「ボケ封じ」呆けたる妻のバッグより出づ

ひとり居てさみしき妻か階下にて名を呼びわれを捜す声せり

妻は呆けわれは古希すぎそのうちにどちらが先にどうなるのやら

日付また場所の分からぬ妻なれど抱けばおのづと身を堅くせり

凌霄花

鼻にくる土の匂ひと嚙み応へ筍はやはり孟宗が良し

口中にひろがる甘み豌豆をかじりながらに豌豆をもぐ

今日だけの梅雨の晴れ間を出でて飛ぶ蜂の羽音が耳近く鳴る

降る雨にむらさき濡れて藤房はむらさきいろの雫をこぼす

夜の闇のただ蒸し暑くとほく来て尻に火点す虫見てかへる

梅雨寒といふ今頃のうそ寒さ苗代寒（なうしろざむ）といふ里人は

分蘖（ぶんけつ）の具合やいかに茎数を目に読み指に根張り確かむ

巻きたたむ傘の先より雫して三和土（たたき）に黒き輪をひろげゆく

金柑のひと木を花の埋めゆくなかにいくつか去年の黄が輝(て)る

けさの花まだ汚れざるしろたへの木槿が昼の光を弾く

蔓花の凌霄花ゆれやすく揺れて影置く土の面に

凌霄花(のうぜん)の花を揺らして常かよふ風ありここの黐(もち)の木の下

夏日差す昼のしづけさ稲は穂に出でてひと日の花粉をこぼす

根張り良し穂孕みの好しこのままに恙(つつが)あるなよ花水落とす

双葉

朝顔は右巻き藤は左巻き読みてしばしばその前に立つ

豊水に幸水・菊水・夏雫、水豊かなり梨はその名も

婿くれし琉球土産の珠暖簾（たまのれん）下くぐるとき波の音せり

蟬の声いたく減りぬと思いゐるときにひとつの声長く鳴く

たのめなき日の明け暮れに萩の花咲けば寄りゆく日にいくたびか

丈高き丈の低きもおのづから黒実を零（こぼ）す秋のひかりに

テンタウムシによく似るテンタウムシダマシ菜を常食となして害なす

下通るときにおのづと手が伸びる棗（なつめ）この頃子供も食はず

寄り合ふは台風避(よ)けの船ならむ見下ろす湾に昼を灯ともす

彼岸花ことしも咲きてどうしても思ひ出せないあの夜の言葉

たちまちに日は落ちゆきて盆の窪あたりが何となくうそ寒し

尾を振りてゐしがどこかへ飛びゆけり赤き木の実の糞を残して

「大根は百耕百耕」鍬先に言ひきかすごと土打ちかへす

降り出でし夜の雨音を大根の双葉はぐくむ音と聞きをり

孫

薬罐（やかん）下げ路上横切りゆく男跛行（はかう）の足の歩み急きつつ

ひとつづつ言葉増へゆく三歳の孫言ふ「今朝は絶好調だ」

つつがなく育ちゆく孫祖父われの卑しきところのみ遺伝して

目と鼻の区別のつかぬ爺の絵をくれたり孫が古稀の祝ひに

職のなく結婚もせず長男はヴァイオリンなどいぢりゐるとぞ

今日ふらり娘来たりて玄関の花取りかへて帰りゆきたり

冷蔵庫の棚の奥よりケチャップが搾り出しにくくなりて出で来つ

ひやき餅

秋彼岸過ぎし曇りに鳴きいでて暮れてなほ鳴くつくつくほふし

氷嚢(ひょうのう)に響き朝より鳴り止まぬ雀脅しを憎みつつ臥す

新米の三十キロを持ち上ぐるへっぴり腰に屁をひり上げて

山とほく田の神様は還りゆき刈田は風の吹くばかりなり

おのづから心は遊ぶ日の暮れの刈田の面(おも)に日の当たりゐて

今頃になればおのづと思ひ出す籾摺り終へし夜のひやき餅

旧暦の今日は小春の十五日そろそろヱンドウ豆を播かうか

「なので」などのつなぎ言葉もこのごろは気になり老いてゆくらしわれも

味噌豆

蛇行して海に入る川夕焼けて河口は茜のいろ広々し

青き実も幾つか混じり数珠玉は白く小さくなりて枯れ立つ

連れ立ちて山のもみぢを見にゆくといふこともいつの年よりかなし

夜のうちに過ぎたる雨に庭濡れて色あたらしき柿の落葉は

去年柿を吊りしごとくにことしまた柿吊る去年の紐に括りて

宵の冷え朝の寒さを言ひ合ひて赤くなりたる山を見てをり

道すがら湯気立つ見れば庭先に大釜据ゑて味噌豆を煮る

われつひに古稀の齢を過ぎたりと独り言ちゐるときなどがあり

海に入る夕日の澄めるふるさとに帰り住まむか齢かたむきて

耕して終はる一生(ひとよ)か九州の端(はじ)っこ豊後ここ国東に

あとがき

本集は『国東』『孤行』『閑雲』『翁草』『百耕』に続く第六歌集で、平成二十一年から平成二十五年までに「石流」「八雁」に発表した作品をほぼ制作順に収めた。年齢にして六十五歳から六十九歳にあたる。

この五年間で変わったことといえば、妻の認知症が徐々にすすんだことくらいであったが、平成二十三年二月に石田さんが亡くなり、「牙」という作歌の基盤を失った。一時は歌を捨てようとも思ったが、五年ごとに歌集を纏めるという石田さんとの約束もあり、「石流」に入会、その後作品発表の場として「八雁」にも籍を得て今日に至っている。

歌は生活の中心である農事に関するものを多く入れ、趣味の登山や旅行の歌等は思い切って全て捨てた。歌のうえでは同じようなことを同じように詠むだけで何の変化もなかったが、「牙」終刊ののち旧仮名遣いに改め、歌数はこれまでどおり四〇三首とした。拾うべき歌が少なく苦労したが、これも農事に心を奪われ、歌を励むことをしなかった私の怠惰な性癖によるもので諦める外はない。

題名の「庚申」はもとより干支の組み合わせの一つであるが、庚申塚（塔）のことをもいう。私の生まれ育った大分県国東半島には千基を超す庚申塔が現存し「畔際の庚申様を脇に寄せ棚田の畦を今年また塗る」といった具合である。また、無病息災を願い眠らずに庚申の夜を明かす庚申待ちの風習も残っており、「庚申様」は里人の心の拠り所にもなっている。このように「庚申様」を守り育んできた風土と人々、この地に一生を終える感慨、さらに私が中年の生まれであること等からこのたびの集名とした。

今回も砂子屋書房の田村雅之氏、装幀の倉木修氏には大変お世話になり、厚くお礼申し上げます。

令和五年六月二十四日

中井康雄

歌集　庚申

二〇二三年一〇月一七日初版発行

著　者　中井康雄
発行者　田村雅之
発行所　砂子屋書房
東京都千代田区内神田三―四―七（〒一〇一―〇〇四七）
電話　〇三―三二五六―四七〇八　振替　〇〇一三〇―二―九七六三一
URL　http://www.sunagoya.com

組　版　はあどわあく
印　刷　長野印刷商工株式会社
製　本　渋谷文泉閣

©2023 Yasuo Nakai Printed in Japan